樂府
FOLK SONG

2003–2008

水島英己

思潮社

楽《が》府《ふ》　目次

Pull down thy vanity,
Rather to destroy, niggard in charity,
Pull down thy vanity,
I say pull down.
from CANTO LXXXI by EZRA POUND “*CANTOS*”

おまえの虚栄を引き下ろせ、
破壊に執着し、寛容にはけちな、
おまえの虚栄を引き下ろせ、
引き下ろせと言うのだ。
エズラ・パウンド「キャントーズ」第81篇より

a

院

乱後の話は悲劇的
せめてそこには力強い破壊があったと人よ思え
離宮は荒れて「おどろ」の道が始まりの日までよく見える
薄い下着に透けている
階段の「段階」の一つがあらわになっただけさ

おまえはわたしの前に座っている
わたしの脚がVを逆にした空間をつくっている
わたしの手には携帯があり、おまえの手にもそれがある

わたしたちはこんなにも親密で、すべての電磁波に曝されているのに
わたしの脚の柔らかい空間を見ているのは、おまえではない
携帯の小さな窓にわたしたちは映され、それを世界が覗いている
わたしの脚の間にあるVを逆にした湿った空間が恥じらいをおぼえて閉ざされ
また開く、おまえとわたしはこんなにも親密なのに
この携帯の孤独を墓場まで持っていくのだ

春海洋々とし、征伐の大艦隊が遊曳する
志ふかく胸に秘めた浪士たちが愛国の熱涙を流す
至尊と民草は丈夫ぶりの一つの歌で結ばれ
「あまねき御うつくしびの浪、秋津島の外まで流れ、
しげき御恵、筑紫山のかげより深し……」

小さく敏感な窓に
21歳、ひろみ、恥ずかしいことが好きなＯＬ

19歳、あすか、いつかここで会ったよね
消しても消しても執拗に接触を求めてくる文字列がある
それを歌のように口ずさんで
見えない顔
見えない思いの恐れと屈辱

寺社に仕えるべき童貞の子女
壊れた世界を待乳山
メイビー・エンジェルズ
乱後は喜劇的
せつなさだけがずぶずぶに濡れて
わたしは西日の射すしめった六月の小さな窓の中に一人の指で
おまえは崩御したと書く

《従って事の成敗よりされる一切の批判は許容しがたい。院が無意味に諸多の芸能を好ませられ、その結果この乱があったなどと考えることは、まことに本末の転倒も甚だしいと云はねばならない。わが国の統治を歴史の原始に翻すために、院は》とおまえは書く。しかし、封建の絶対的武力を前にしては、どんな文化芸能の復古変革を理念とする力も無力である。奇しくも水の都で、勝ち組は抱き合い、負け組はすでに復興の参画に心をくだく。あたかも世界は孤独な星のもとに限りなく収縮していくかのごとく……。おまえが書いた御一人者の理念はしかし、そんなところにはなかった。御一人者はかしこくも次のように歌われた。――見渡せば山もと霞む水無瀬川ゆふべは秋となに思ひけむ――

ユーフラテス川の春は神風も吹かなかった
わたしはマイケル・ムーアやディキシー・チックスの恐れと恥を
おまえとの間にかすかに開いたVを逆にした空間で共有したかった
わたしが湿っているとき
おまえは乾いている
おまえが欲しないとき
わたしはいつでもリロードされる

小さな窓に母型と呼ばれる菌が侵入する
砂嵐の声が聞こえる
院の凛とした叱声
「おきの海のあらきなみ風こころして吹け」
この倒語（イロニー）の先に
おまえが書いた詩の火は
燃え尽きる

「燦爛とした都の日」と「いぶせき伏屋の日」の間隙が
おまえとわたしの
かすかな距離として残っているなら
まだしも

（註）保田與重郎『後鳥羽院』からの引用がある。

闘牛病

おまえは病気にかかっていることを知らない
雪柳の白　連翹の黄の存在論だけが問題だ
病気を病気と言い募る娑婆世界に生きて

どこにも等圧線は引かれずに春の低気圧の襲来
最悪も最善もここでは意味をなさない
「抑圧され感染した人形たちは　もう
どんな子供も産めない」
競り上がる生物学的な事実（ある病原体が描かれるだけである）

食人は文化である（文化食人）
「おまえの発病は失くしてしまったペニスサックのせいである。もうどんなペニスもおまえを求めようとはしない。裸でわめくがいい。震えるがいい」
愛する叔母や祖母の死の饗宴のときに
愛されたものの特権として
彼女たちの脳味噌が与えられる

手づかみでその柔らかい物体をむさぼり食った
何週間も指の間にかすかに残っている滓
思い出を脳に蓄積することが課されているのだ
おまえの脳も息子たちに食われて果てしない蓄積のサイクルに入る
長い潜伏期間を経て発病すると
排除がはじまる
排除するものたちは自らの発病をあからさまに隠蔽する

しかし病気であると認知するのはおまえではない
震える文化　震える社会
ありふれた変異タンパクによる感染だから
牛たちのせいではない。その海綿のような脳が
地上に引かれた境界線をいとも容易に越え
ゴシック・ロリータの桃色の腕
消毒液の匂う養鶏場の老残の首
サルやネズミのような指導者たちの首を求めている

（DNAもRNAもないア・プリオリな実存範疇）

生まれてから二度目のウシオーラセー（闘牛）だった
オールバック（何という古くさい名！　彼の角は後ろに尖っている）の
勝ちを見届けてから

荒れたサトウキビ畑の闘牛場を立ち去ったのだ
「登（のぼり）号に賭けた人は」と言いながら男が観客たちから金を巻き上げていた
いつもの賭けサー
爪先立った巨体が渾身の力をこめて押し合う
勢子が鼻綱を振りまわしながら
アイヤーとけしかける
巨体がぶるぶる震える
角突き合う闘牛の優しい小さな目が晴れわたった三月の空に向けられる
かなしげな泣き声が響き渡る
勢子が地面に自らの足を叩きつけてけしかける
アイヤー
身体が震える　九百キロの巨体がぶるぶる震える　その振動に感染する
震える　震える
おまえの目からも涙がとめどなく落ちる
あたりかまわず失禁する牛

震えている　震えさせられている人形たち
冷たい式場の雪柳の白を染めて拡がる赤の存在論だけが問題だ
パプア・ニューギニアでは震える病をクールーと呼ぶ
ここではクールーは端的に「狂う」病である
心貧しい島の冷たい春の饗宴　震える小さな肩の上の海綿のような脳が
愛するものを求めている
愛された思い出を求めている

刈り残されたサトウキビが風に震える
戦いの前の喚声のような吠え
戦いの最中の悲鳴のような吠え
敗走する登号の巨大な尻から垂れ落ちる糞
永遠に闘わせてよ！　食べさせてよ！　食べてよ！

（DNAもRNAもないア・プリオリな実存範疇）
、、、、、、、、
まだある世界の内にはいくつも闘牛場が用意されていて
すでにつねにおまえは
けしかけられている
古くさくて新しい闘牛病に

（註）『震える山　クールー・食人・狂牛病』（ロバート・クリッツマン著・橋本真理子訳・法政大学出版局）から示唆を与えられた部分がある。

ホームカミング

石ね、木の立ち、青水沫も事問ひて
（出雲国造神賀詞）

海は汚れていた
空も汚れていた
（違う、違う）
「いまだかつてなかったほどの勇気、消耗」
そうだったのか、劣化する砂漠に打ち込まれる砲弾の音
村人たちは犯人を祝福し、車列はあたたかく迎えられる
帰還はかくまわれるというより、玉座にのぼるためにあるようだった
（違う、違う）
「謝るしかない」

（なにもかも逆だった、突きつけられた刃の向きが逆だったように）
みんな帰って来た
衣錦還郷を夢見て
帰ってきた（ここからはエズラの詩句だ）
　嘘の待つふるさとへ
　おびただしい欺瞞
　古い嘘や新しい欺瞞
……
　公共の場の嘘つきどもが待ち構える故郷へ

耳鳴りの底にあるなつかしい母音
腐りかけた足を引きずって
勇気を出して
この首は木切れで作られている
「お父さん、やっと会えましたね。もう離しませんよ。」

ピノキオのような勇気があったならなぁ
鯨のような鮫のような鱶のような腹に閉じ込められた君を救うのに
その腹は言葉で一杯だ
　おびただしい欺瞞
　古い嘘や新しい欺瞞

（当然です、その意見は当然です）
ラップスターの犬を愛し
猫のヒップホップを聴く
仕事の合間に煙草を
当然です
（それぞれにそれぞれの砂漠とストリートがある）

（比較の好きな
（責任の好きな

（腹の中の好きな
（首の好きな
犬たち、猫たち
ファック！ファック！ファック！　ノーウェイ！

ここに帰る
ここから帰る
ぼくは一人で勉強している、犬のスタイルで、劣化する砂漠の樹
私は一人でセックスする、犬のスタイルで、木切れの子供たち
おまえは僕らを何度でも映せばよい、拷問のスタイルで、嘘の木立
ファッカー

イラクも東京もミシシッピも
コイズミもブッシュもイシハラもビンラディンもミンシュもジミンも
帰れ

帰れ
それぞれの古臭いトーテムの腹中に
母のセックスの中にいて二度と産まれるな
お前たちが信じている嘘の担保にしないでくれ

「私はＰＯＷだ」
「私は邪悪な白人だ」
「私は劣化した黄色い禍を派遣する人種の一人だ」
だから真実の言葉で私を断種するな
映像の中の首は野蛮な邪悪な白人の報復を担保し、それは更なる断首を担保し
ここに帰る
ここから帰る
砂漠もニューヨークもパン屋もフリーターも劣化ウランの惨状を調査することもロストチルドレンを助けることも仕事にも世界にも軽重はない
そのことが失われる

真実の民主主義や真実の言葉！

なつかしい楡の木
手垢のついたドアのへこみ
いたるところ黄色いリボンが結ばれ、「私たちをイブルホワイトメンなんて」
清潔なニューイングランドの古い町並みで
初老の紳士が絶句する

狂言である
自作自演である
自己責任である、金を払え
悪代官のような議員が口汚く罵る
担保にされたものたち、私たちが故郷に帰る
私たちを担保にしたものたちが空港でふるさとで私たちを罵る
アンポンタンの日常の中で

私はただうなだれる私のなくした首を捜している

喋る木切れが砂漠の喋る木切れを救いたかった
喋る木切れとして砂漠の不毛な戦いを報道したかった
喋る木切れが喋る木切れと戦わされている意味のない意味を探りたかった
作られ、加工されて行く、おびただしい嘘の木切れになる前に作られ、加工されて行く、
耳鳴りの底にある風の母音や
川のせせらぎから切り離される前に
真実の言葉や真実の民主主義の母音を教え込まれる前に

私たちはだれにも見えないままに深く回収される　それが帰ることの意味だ
私たちはアブグレイブで拷問される　アブグレイブはここに帰るということ
The rain in Spain stays mainly in the plain.
In Hartford, Hereford and Hampshire, hurricane hardly ever happen.
私は一人のイライザだ

正しい母音と子音の発音を多くのヒギンズたちが教えてくれる

Aaaaaaayyyyy. Aaaaaaayyyyyy!

二〇〇四・夏・東京

午前中は動詞の活用の補習
午後には火の百日紅に見つめられている
指導者たち
「彼らは利息のために休息している」
太陽の墜落を待ち望み、凍りつく闇を
高値で売りつけるつもりなのだ
金城!
きみの踊るカチャーシーは静かに見える
でも伸ばした手が支える

奇跡のような日常がある
「おまえが深く愛するものはおまえから
奪われはしない」
危機をピサの斜塔のように持ちこたえて
パウンドは祈った
半世紀を越える隔離の奥で
奪われ続ける地平を深く愛する
「パウンドではなく、金城
生きているきみのことだ」
勝ち誇った顎やぎらつく顔が
世界中の映像を独占している
この空は北にも南にも東にも西にも
あまねく拡がっている
普天間！
イカロスの燃え上がる翼の蠟

永遠にも似た歳月が経過し
戦争マシーンのローターが炎上する日
すべての空飛ぶ兵器が落下する
いつもと同じようにパンにバターを少しだけ
おはようと挨拶し、愛するものと食卓を囲む

分断されている空
この日も……
傲慢な幸福に酔いしれて、洗濯物のように
吊られている栄冠の旗を見る

辺野古野辺

The City's fiery parcels all undone
Already snow submerges an iron year...
火のように輝くこの都市の小包がすべて開かれたいま、
早くも雪が鉄の一年を埋めつくそうとしている……
Hart Crane（1899–1932）

へのこのへ
ぼくたちの窪みに雪が降る
まりん・すのうが激しく辺野古の海で降る
どこの子
辺野古の子
ぼくたちの窪みに雪が降る
あたたかい呪言が慄える　鮮やかな珊瑚の樹木が枯れる

への辺
坐りつくす人を思う

輝かない都市年（としどしと読め）に贈られる
火の小包
氷の嘆き
生きものの息の臭さ
ノコで挽かれる　切られる首の時間の長さ
それでも地下の舞台では「悲歌」が歌われ、「秘密」が共有され
すべてのパフォーマンスにしぶしぶと
拍手喝采が贈られ
への辺
立ちつくす人を懐う

ツィムプファー医師は

「病状がダイオキシンによる中毒症状であることは疑いない」
ユシチェンコは
「敵対者から毒を盛られた」
カテリーナは
「昔の白皙の夫に返してほしい」
あらゆる胎盤は未来の胎盤もことなく毒を通す　遠い水俣の不知火の海を知らず
ユーフラテスの街角を知らず
半ズボン姿の青年ニートは処刑された自らの首を求めてさまよう
ユウ　シャル　ネバー　ネバー　ミート　ユア　ヘッド

「おお　愛とは何か　教えてよ」
そいつは　競馬場の賭けられた馬券のようなものか
それとも　試験場にかけられた携帯電話のようなものか
リテラシーのない大臣たちがエクスタシーのかわりにすすめる
パトリオティズムのようなものか？

愛とはなにか教えてよ、オシエテヨ

正妻の制裁、制裁の聖杯、飲みたくもない毒を飲まされて
諸国民は嫉妬や正義で忙しい、己の貧しさを棚上げにして、啓蒙とはなにか？
教えてよ　ジュゴン
残の魚よ、残り少ない残のイオ、おまえを滅ぼすために
われわれは醜悪に進化してきた
知恵の柱は猿の入れ知恵、猿からも見捨てられ

辺野古野辺に差羽が飛翔する
カーネーギーホールを満杯にして歌ったきみの「魔笛」
戦のサナカの
にせコロラトゥーラ・ソプラノ
海の向こうのジェンキンス夫人は交通事故に逢い、「美声」を獲得したと語る

もう一人のジェンキンス夫人は身を隠したがっている
どこまで歩いても猿の泣き声と爪を隠した蛇の憎しみに出遭う
大洋は静かに傾くことを忘れた
大地はもうだれも眠らせてはくれない
歪んだ穴だらけの　傷ついた穴だらけの大地に
酔った波が押し寄せる
この一年の傷を抱いたまま　世界中のジェンキンス夫人たちが泣いている

辺野古野辺に差羽が飛翔する
辺野古の沖でザンの白い腹に地球が乗っている
ザンの柔らかい白い腹に世界中の人が乗って笑っている歌っている
その上を下をサシバが舞う
地球がもとのようにゆっくりと回転する、ザンも回転する、
半島の指がゆっくりとほどける凍傷にかかった指があたたかくものをつかむ
ザンの上で指導者たちが丸裸になる

サシバがそれをついばむそれをみてザンが笑うぼくらも笑い転げる
坐っていた人たちが立ち上がる
立ち上がる
ザンの上で
辺野古野辺で

お休み、それまでお休みなさい
そして静かに起きなさい
いや静かにかれらを起こしなさい
追われ続けた日々
戦い続けた日々
殺され続けた日々はようやく終わり
地球と大洋のために
一人のザンが
ノクターンをその小さな手で弾くだろう

へのこのへ
ぼくたちの窪みに雪が降る
まりん・すのうが激しく辺野古の海で降る

Monster Waves

マゼールは恒例のラデッキー行進曲を演奏しなかった
今度は生の歓びの波に津波の死者たちが忘れ去られるのを畏れたのだ

マリファナの煙が漂う
舌のスタッド、唇のリング、ピアスの耳
寄せるすてきな波乗りたち
大洪水のあとに残されたノアの一族たちが
壊滅したブルーフォックスのレストランの跡にたむろしている

動物たちは第六感を持つ
象は観光客を助け、犬は坊やを銜えて丘に逃げた
犬の名はセルバクマール、少年の名はダイナカラン
モンスターの波に立ち向かうのはスウェーデンの女性警察官

醜い黄色い犬には亡くなった私の兄の霊魂が住まう
ダイナカランの若い母親は救助後宣言する
兄の名をこの犬に与えた
シバによって与えられた
この生命の海が
私の息子の
命を奪うことはない

舌のスタッド、唇のリング、ピアスの耳のダイハードたち
ホッジポッジになった机の上でEメールをセンディング

ヴァン・ホークはオランダ人
ジェイソン・ドッドはオーストラリア人
あとの数人は懲りずにまたサーフィン
ブルーフォックスの机の上でEメールをセンディング

われわれはヨーロッパの友人たちまた
ここから撤去する外国のツーリストたちによびかけている
衣服・Tシャツ・キャッシュをホームレスになった人々
愛する人を失った人々にディストリビューションしたいと
今二千ドル余り集めた
このTsunamiには負けたくないのだ

サーファーのパラダイス、スリランカのヒッカドゥア
苦しみをサファーし、苦しみをエンジョイするサーファー

チャンネルサーフィンに飽きたら
ネットサーフィンにも飽きたら
少女たちをサーフィンする？
多分ね
その前にパピーやキトゥンたちももちろん
モンスターの波に呑み込まれない前にね
かわいそうだもの

モンスターのような波とは「汚れた比喩」です
マン・メイドの殺戮に比べたらね、そっちのほうがよっぽど
モンスターのようだよ　つまり　モンスターとはわれわれ自身の異名じゃないか
波は自らの正当な分け前を要求しただけではないか
この大地の震動によって呼び起こされ、彼はただすべてを
覆いつくすエネルギーの塊に化しただけではないか
この大地を奪いつくすモンスターたちに比べたら……

プーケットやスリランカ、バンダアチェ、南インドの島々で
バターのように融けていく遺体
きみが移住を望む島々の美しい渚
海との深い関りで生きていた人々とは無縁に
ツーリズムの標的としてすでに深く撃ちぬかれていた海
彼らは一瞬にしてすべてを喪った

叫びだけがサンギータのような若い妻を救う
叫びだけがダイナカランとその家族を救う
二〇〇四年十二月二十六日
撒き散らされた残骸のように無感覚なきみ
あるいは
フランケンシュタインを気取っている
ロマンチックなきみに

大きな波が押しよせて来る
そのとき
どんな叫び声もきみは聞くことができない
サンギータの夫は
「オデイ　ポンゴ、カダル　ヴァルダディ！」と叫んだ
きみには理解不能だ、たとえ聞こえたとしても理解不能だ

走れ、海がやってくる！

雑技

身体が曲がるときに
水が流れる
しなやかさとたおやかさは水のせいだ
椅子を六脚積み上げても空には届かない
でも、緞帳の一番上には届く
きみはそこで微動だにしない倒立を披露することができるか
かれはできた
あまつさえ斜めにした天辺の椅子の上で片手倒立を成功させる
これらがとてもいかがわしいのは

生活とともにあるからだという批判を
かれはその姿勢で軽々と乗り越える
そういうふうに見えた
見えたことはやったこととは全く異なる
私は椅子に座り脚を投げ出している
かれは劇場の頂上で
「雑技」といわれるものを繰り出す
私は拍手する
そういう交換が成り立つのは
すべてのものやことがマルクスの言うように
貨幣として結晶するからだ
彼の天井近くでの水際立った倒立は
私の一ヶ月の給料の何分の一かで贖われている
だから私は脚を投げ出して、身を自堕落にひねりながら
彼の演技に拍手できるのである

しかし、しなやかさとたおやかさは水のせいだと思いたがる
うつぶせになった少女の脚は背中を通り越してその笑顔を抱いている
それを支えているのはかぼそい二本の手である
あまつさえその一本を彼女は軽々と空中に浮かす
「雑技」と呼ばれることの幸せ
われわれの生も考えてみれば「雑技」にすぎない

制令線を越えて、日本軍が上海から南京に侵攻したのは
御前会議での
作戦部長の「勇み足」を罰することができなかったせいだと言われている
そういう用意もあると彼は天皇に言ってしまったのである
この「勇み足」が十五年戦争の帰趨を予言している
ここにあるのは
曲がるとかひねるとかねじるとか倒立するとか戻るとか転がるとか飛び跳ねるとか
一切の身体の「雑技」を禁じた、それゆえもっと野放図な「勇み足」でしかない

「雑技」は微動だにしない倒立を笑いながら演じる
そこにあるのは、水際立ったバランスであり
それを支えるのは肉体に浸透した無意識の計算である
作戦部長にあるのはただ傲慢の一撃であり、やがては我に返るしかない
侮蔑のブーメランである
制令線を越えて真っ直ぐに南京に伸びた兵站線を
倒立する彼のしなやかな筋肉や、笑顔をその足で抱く少女の蛇のようなその足が
「曲がる」ということに秘められた
意志と情熱で
曲げてしまうだろう

「勇み足」は
彼や少女の血肉を
切り刻み、川に投げ捨て、穴に投げ入れた、正確には、そうさせたのである
勲章をぶらさげた、硬直した首の上の、笑わない「勇み足」の鬚

静かに退却することを
上昇と下降のときの神経の繊細な働きや
成就したときの子どものような破顔、そこに留まることの危険を告知する
銅鑼の音
人生を描くというよりも、それを生きる、そこで終わるしかない
肉体と、その動かし方など
無数の死者をかかえながら
一人の肉体であることを
小さな穴、大きな穴、そこに穴さえあれば
そこを通過できるしなやかで、たおやかな精神
その穴や、窓を、いささかも傷つけることなく潜り込み、湧き出る
水のような身体を

私は見た

山帽子

なにもすることのない日がいつかはやってくる
なにもわからずにこの世界に泳ぎ出した日が終わる
慈眼寺の門前には無断で入るな、散策するなという看板がある
無断で生まれ、散策するように生きてきた
あの世を管理する権力
この世を管理する権力
そういうものとは無縁に山帽子が門前に咲いている

たぶん

咲くということは贈り物
意図もなく、美のイデアでもなく、神学でも、哲学でもない
純粋な贈り物だ
そう思う気持に対しての、ただそれだけときみは言うべきではない
咲いているという事実によって
山帽子は
山帽子として生きている

濃紺の海のなかに淡い水域が見えるだろう
どこまでも広がる珊瑚礁の息吹
沖縄の死んだ詩人は、神の青い領地（カンヌオー）とそれを呼んだ
「排他的経済水域」と呼ぶな
「領土」と命名するな
カンヌオー

名づけられて生きるものなどほんのわずかだ
名づけられないもののかたわらで
山帽子とおまえは名づけられたが
わたしはだれであるかほんとうはどうでもいい
たとえば沖の鳥島と名づけられた小さな岩
そこに群がる鳥は美しい
だれもいない夜の海で永劫に波に洗われる小さな岩
隆起した珊瑚の岩瘤たち

花は葉っぱであり、花は岩だ

b

The Summer Trail

Albert の荒々しい Angels が鳴り響く
夏の午後
立秋の声を聞いて
セミたちが全開で歌いだした
熱い凪、サーフィンに興じているそぶりのマオイストたち
　　謙虚な魂は真珠、物事と花々に縛られている
現実の耳の海の谷間
「われらが小さき生」の舞台が壊滅するまえに、
セミたちはすべての音階で歌うのか？
そんなに遅くはないが　いつでもそんなに早く

窓は開いているのではないか？
　垂直の生は水平の生にあこがれる　　木々は河に流れる　　流木に乗って
海のための主題は
家のための宿題に
「われらが小さき生」の祈り、
　その傲慢さに挫けるまえに難破するだろう

　　　ここも
すでに廃墟
だが携帯をかざした若紫がいないわけではない　　あこがれる欲望
　あるいは愉楽を肯定する自己
自己愉楽は何から何を否定しなければ到来しないのか
閉められた窓　　閉められた島の正義
ステップバイステップでトランスに至れ！
きつい自由のセッションを持ちこたえろ！

弁解しない不協和音　不協和色

内部から灯りがゲットーに兆す歴史はきみの靴のようなものだ、
そしてほんとうの歴史なんてどこにもない
履き慣れた心地よさが
いつまでも続くわけじゃない、　踏み破った穴に石がつまる
そこで土俗に還る　この時が神話に続く
吹け。ブロー、ブロー、短いリフを繰り返せ。
意味のない、しかし快楽だけがある　小鳥のようなフレーズを

暑い夏を凍らせるAlbertの息がブルジョワたちの拍手の隙間からチリチリ炎の舌を出す、
大きな川のようにジャズは流れてきた、ケルアックたちのモンタナ、キャンザスシティ、
シカゴ、チャーリー・パーカー、きちがいじみたセロニアス・モンク、
それ以上にきちがいじみたガレスピー、
グルーミーな聖者のようなレスター・ヤングの悲鳴から別れて

カウボーイたちのなつかしいカントリーの流れが混じる
喉が渇き缶ビールに do not forsake me!
片倉の午後6時がテキサスになる

どこかにこの首を吊る木はないか?
最後のガンファイター、最後のガンスモーク、最後の殺戮のバラード
乾いた喉に乾いた砂漠　遠くから牛の鳴き声が聞こえる、溶けるようなそこ
ポニーが水を飲みにくるところ、多くの声が酔っている、牛の群れたちの夜の時間

ワイルド・ホース・アニーから　きわめて抽象的な都会の抽象的な音に還る
　　　　不協和音に崩れるときに
きみの家の猫がゴハンと泣き出す、台所の花嫁はわれに還る
　　　　咲き零れる日日草の宿題
立秋　立冬　成人病　立春　痛んだ家　立夏　寒さの夏　地獄の夏
「立ってばかりいるので腰が痛い、おじいさんのおしめを脱がすコツがあるの」

立つ手でピアノの鍵盤が鳴る、立つ足で子供たちがうまれる、肉汁の匂いが夏を覆う

堯とか　舜とか　禹とか
猫言語で語られる聖なる王たち

哲学者が概念の友であるなら
詩人は　何の友であるか？
　　　　友有り、遠方より来る、亦楽しからずや
　　　　　　　　私たちの猫はゴハンの友である
私たちはエズラの言うように「心に行いの束をたばねて」
そのたくわえられたエネルギーを信じてこの夏の暑さを越えて行こうと思う
そうでなければただ廃墟の心がラジオとともに狂うばかりだ
小さく同調する、「小さなわれらが生」を友として
　　　　　　　　熱い凪、マオイストたちがサーフィンに興じている

彼らのサーフィンには崩れる波がない
　　その欲望はコンクリートで塗り固められている
　　　　どこからでも飛べる、波に乗れる
開いている窓　明るい窓
　「われらが小さな生」の近く
　　「眠りによって幕を閉じる」眼が見つめる濃い闇
苦悩するオッペンハイマーではなく、なぜなら苦悩は戦術上の
一つのレシピーにすぎないから
縮小する欲望　増大する欲望　それらはともに開かれることはない
　痛みから解放されるとき、痛みに満ちたジャンゴの生の一音が断固と鳴る
ラインハルト！
ギタリストもベーシストもピアニストも、すべてのミュージシャンがきみとともにある

きみの朗読する声が聞こえてくる
The campfire has gone out
こんなにきみは疲弊した　疲労の友よ
マスターベーションとself-enjoymentとの差異について
きみは老人のように回帰しようとする、「あなたは誰か　答えよ」
「齢老いた聖者たちは石臼に乗り猫を連れ　遙かな沖の島へ漂い着く」

女たちの骨盤から遠く離れて
私たちの「友愛（アガペ）」を暖めるのだ、きみの声が二つの丘に
風となって　舞い上る　それはヨーデルに似ているが
絞られた喉というよりも　コヨーテの鳴き声だ
「おまえは　俺の友ではない、その臭いはたまらない」
「巧言や令色ではない」
「欺瞞のまずしい灰の下に」

「バカは泣かない」
「否、否と言いながら」

開かれた窓　明るい窓
開かれた島に今度こそ還ろう、コンクリートで塗り固められた窓を開放する、
欺瞞のシェルターを破壊し、「隣人とそのゴシップ」「隣人とその優しい無関心」
私たちはゆっくりとそれらを味わおう、
はじめてのように
「太陽の最後の光線が水平線の下に沈むとき、私は鐘の鳴るのを聴きます、
鐘の響きがこの長い夏の日々の最後を刻印するかのようです」

（註）明示した以外に、Jack Kerouac の "On The Road" からの引用がある。その他 W. H. Auden の詩篇からの断片的な引用、Shakespere からのそれなど。最後の引用は、湯浅ましほ、の私信から。このことばの美しさに向って、私の詩の一歩が刻まれるように。

fall in love too easily

鏡の中の鏡
割れている
砂浜
産卵の夜を迎える海亀の無数の足跡
点描画家たちの色彩の……の混じりあいのように
分けがたい涙と泣き声が告知する明日の
波打ち際
破片を拾いあつめ
私はあまりに簡単に恋におちる

憎しみがしなびた筋肉に赤い血をめぐらすのと同じだ
一日「玉砕」を暮らす
埒もない想像に乗って
軍服姿で敬礼している私
捕虜として労働を強制されている私
父たちのかわりに「万歳」とささやく
大きな鏡は
つねに／すでに割れている
五月、六月、しかし
神無月まで私は生きながらえるだろうか
どんな出発とも関係のない日々を縫って
旅立っていることを知らない旅の
なつかしさや　なつかしい
待っていることを待てない待機とか
単に認知症の老人になることを跪いて祈るなど

単に微笑でいい
青白い月ではない
「私を興奮させ、スリルと歓びを与えてくれる」のは
貴重な「少し」、少しの「貴重」、そういう色彩の混じりあい
九月、十一月、
私はあまりに簡単に恋におちる
私のおかしなバレンタイン
表象をすりぬけ、哄笑に値する私のバレンタイン
「たとえ私が好きでなかったとしても……」
そのままいつもの
髪
いつもの
かわいい私のバレンタインでいて！
四月のパリ
素数の文月、だれも繰り返せない、割れない

「私が駆けて行き、私の心というものがあれば
その心に刻みこまれた」晴れや雨
暮春には春服既に成り、冠者五・六人・童子六・七人を得て
詠じて帰らん
孔子が賛同した生から見棄てられ
しかし帰るだろう
暮春
いまだない、もはやないノスタルジアのにじむ道
光り輝く眼差しの童子たち六・七人
遠くを見つめた青年たち五・六人とすれちがう
「けだるい老衰
血のゆるやかな腐蝕　やがて肉体の破壊」のすべてが
聞き飽きたブラームスのクラリネット・クインテットのように鳴るまで
詠じて帰らん
「過酷な錯乱」

「今こそ俺は魂をつくろう」
読みさしていたイェイツを読む
うすくかげり消えてゆくちぎれ雲よ　飛びつつ鳴く孤独の鳥よ
産卵の涙を流す海亀よ
割れている鏡よ
私はあまりに簡単に恋におちる
「五月から十二月まではとても長いけど
日々は次第に短くなる」
セプテンバー・ソングが歌うのは
季節ではない
神無月まで私は生きながらえるだろうか
そのレクイエムのような、破片たちへの
かわいい私のバレンタイン

きみはどこにいるのだろう

すべては終った、それが錯覚であることを
正午のひどい暑さが証明している。
重たい身体をどんな神もいない八王子の
かつての花街、三崎町（だれのためのミサキ？）に置いていた。
たえがたいということだけが奇蹟のようで、
私は私を理解できない。

昨日の運勢占いでは、
「諦めていたこと、それに出会う」とあり、

放逐されたユダヤ人のように歩きながら、
水瓶座、乙女座、射手座などとつぶやきつつ
「五時から開店」という看板を掲げた無数の居酒屋を通過した。

すべての輪郭のようなものが溶けだしてゆき、
三宮の真夏の匂いや、六甲の山肌に沿うケーブルカーのきしみ
阪神・御影（だれのためのミカゲ？）の狭い叔母の家の朝夕の念仏の声
貧、虚勢、いつわりのプライドだけの奇蹟にしがみついていた
幻影の街になる。

だが、やがて三崎町の町並みは終わった。思い出も、
それ自体では美しくも醜くもない。
どんな音楽も鳴り響かない故郷の夜が
出会いの彼方でひどくやさしく歌っているようだから
私は眩暈をおさえながら

ささやく。
「ミシュス、きみはどこにいるのだろう。」

（註）最後はチェーホフ『中二階のある家』（小笠原豊樹訳）の末尾の引用。

秋のために

今日と明日と昨日が秋の起源を隠す
きみがたばねていく道を
夜はどこまでも同じ闇に沈み
木も「この根は海に続いている、
そこを故郷として何が悪い？」とつぶやくようだった
どこからも「異質な言語」は聞えない、そうきみはいう
しかしそのとき「前」と「後」の間に存在しているきみの足もとに
秋の荒野は始まっていたのだ
「たとえわれわれが愛するのが遅れたとしても

愛の応答において遅れることがないようにしよう」
愛さないものは誰もいない

夜鳴く秋の虫が鳴いている
世界の前にも後にも鳴き続けるだろう
こうしてきみはやはり虫が秋に帰属するように、すでに秋に帰属している
この秋の繰り返しを模倣することが自己の構造であるかのような錯覚にとらわれて
たとえ鳴くのが遅れたとしても、その応答において遅れることがないようにしよう
きみのために寒い夏の死が用意されて
棺の中の小窓から死がめがねをかけて微笑んだ、後にいるものは激しく泣いたが
寂しく飾り立てた一艘の舟のように今日と明日と昨日を曳いてきみは消えていくだろう
そして「前にある」もののために、もう一人のきみが呼ばれる
犬のように霊魂は死者の足跡を追いかける、道なき道を
そこで秋は振り返り、秋はためらい

いくどとなくきみは
秋そのものに追いついたことがあった
世界の内にある人の香りがただようなかで挨拶をかわし
そしていくどとなく別れる、別れは当然であるかのように
きみともう一人のきみはそれぞれの習慣と傾向を相互に模倣しあい、そうすることによっ
てなにか「人間学」の徴のようなものを
探求する旅……　いつでもそのための旅程の境界にいる
しかし死者が深く苦しんでいるとき
しかし秋が深く朝焼けのなかに彩りをますとき

二重に「前にあるもの」、二重に「後ろにあるもの」を
秋は沈黙のままに包摂するだろう
きみのささやかだが痛む胸の言葉とともに
「遅れ」と「気づき」の上を吹き渡る涼しい風
果てしない蔓のような「出生」によって生まれ

「栲縄の長き命を　露こそは朝に置きて
夕べは消ゆと言へ」
若草のきみをつらぬく剣のような歓喜
「秋山のしたへる妹」
紫紅色の蝶が飛びまわる

この世界を愛し、この世界を怖れることのただなかに
つねにすでに投げ入れられている
死者たちの言葉が近しい人のように聞えるとき
秋の虫が鳴き果てて「死」を死ぬとき
木の根の「住まい」が干からびて倒れるとき
秋のために
言葉が言葉のなかで語りはじめる
「萩の花尾花葛花瞿麦の花
女郎花また藤袴朝貌の花」

四月の雨

仕事帰りの電車のなかで
同じ男と二度座席を隣にして座った
昨日、その男は大きく息を吐き出しながら
文庫本の時代小説を読んでいた
ウーといって足をゆする、ゆするその足が
ぼくの足にさわる
妙な癖の持ち主だ、あるいは鼻が詰まっているのかしれない
ウーとうめく

四月の雨だ
おかしなやつばかりが乗っている電車で帰る
「羞恥があるのは、隠したいと思っているものを隠すことができないからだ。自分を隠すためには逃げなければならない。しかし、この必然性は、自己から逃げることの不可能性によって挫折させられる。羞恥のなかに現れるもの、それはしたがって、自己自身に釘付けにされているという事実にほかならない。
……裸が恥ずかしいのは、裸がわれわれの存在、われわれの究極の内奥の明白性だからである」

レヴィナスの「逃走論」の一節をぼくは読んでいた
恥も外聞もなく、ぼくは読んでいた、時代小説の隣で
自己のうめき声を他者に受け渡すことの必然性はどこにもないから
切り離されたさびしい羞恥が電車のあちこちで
すみつくべき裸の恥知らずを探してうめいていた
見慣れたミニスカートの女子高校生たちは

限りなく裸に近いことで、限りなく厚着の馬鹿だ
鎧のような厚化粧をした眼の前の女はさらに化粧を続ける
化粧機械のような「われわれの存在」は
車内をさびしく飛び交う恥ずかしさをつかみそこねて泣いている

Dylan の SAD EYED LADY OF THE LOWLANDS を聞いていた
せめて、ぼくの隣に銀の十字架とチャイムのようなあなたの声があれば
この横浜線をローランドの悲しい目の貴婦人と
「ローランドの悲しい目の貴婦人」線と呼べるとでもいうかのように
東神奈川と八王子を結ぶ鉄路にあなたの悲しい眼玉を埋めることができるなんて
いったい誰が思うだろうか
「あなたの肉は絹のよう、あなたの顔はガラスのよう」

明日も会うだろう
時代小説を読みながら呻く男や

その隣に座ってレヴィナスの「逃走論」を読む男
どこにも逃げられない薄着の高校生たち
猫の缶詰をかかえた猫男
恥の上塗りを重ねる疲れきったＯＬたち
にげることをあきらめ、はしゃいでいるおばさんたち

「ぼくの倉庫の目、アラビアのドラム
これらをあなたの門のそばに置こうか
悲しい目つきのローランドの貴婦人よ
それとも　ぼくは待つべきか？」
四月の雨に
始発駅も終着駅も忘れてどこまでも逃走せよ
横浜線のたてるライムのような祈り
ライムを踏まない歌の肉を鉄路の底に
きみらのうちのだれが埋めることができると思うのか？

羞恥（オント）の眼玉
裸の目玉
われわれの存在、われわれの究極の明白性
SAD EYED LADY OF THE LOWLANDSよ
それとも
ぼくは待つべきか

かもめ

顔は見せるためにある
鏡を決して覗かなかった少年時代の「にきび」の日々から
きみは44歳になった
復讐のためにもっと美しくなろうとして「きみの自然」と呼べるものを
虐待してきた月日

バルコニーから悲鳴が聞こえ
きみの剝製が落下する
「世界中の子供たちが死んでゆく」

冬の午後
約束どおりにきみは
かものような白い命を露出させた

落下する

命の剝製

すべてが死に絶えたネバーランドの湖で
「わたしは一つ一つの生活を新しく生き直している」
冷たい岸辺に横たわり
巨大な鮫が空中をゆっくりと泳いでいるのを見る

人生と科学がわたしを置き去りにして行った日々
在ることと在らぬことの、在ることについては在ることの
在らぬことについては在らぬことの
横たわる巣穴

「あなたは、尺度に照らして（かすかな光がここに届いている）
虐待はなかったというのですね（愛することは虐待すること）」
　きみの手がぼくの首をしめる正午
　　　　　羽毛が闇のなかを長い時間をかけて落ちてゆく
もう思い出せないその昼と夜のわずかなとき
ぼくの淡い青灰色の背中がきみの手を種族の漆黒に変えたのを
　　　　　　　　　　　　　　　　　　　　　　覚えているか？

傷ついた爪
雲にまぎれて飛ぶ　かもめ
　　　　　　　　　　　ここからはきみの顔は見えない
　　　　　　　　メランコリックなサングラスに隠された名声
　　　　　　　　　　　受精をまつ子宮のやわらかな喝采にかこまれて
　　　　　　独裁者は

バルコニーから手を振る

ベルリンの冬、ティアガルテン

　　　　　　　　　　アスファルトは大地の母のように泣き
　　　　　　　　　　ゴリラが檻の中できみを笑っている
　　　　　　　　　　なにかをつかんだ五本の指の記憶

　　　　記憶のなかの坂道
　　　　　アリアドネの臥所がきみを誘う
　　　　　　ここで裸になる

　　　そしてインタビュー
「12歳の少年と一つのベッドに寝て、あなたは何をしたのですか？」
熱い息の下で織りあげられる声のない物語
バビロンとバクダッドが、アッコとアラスカが
きみの血を沸かすまで

というより

「厳しい訓練を課した親に優しくすることはきみのなかにある
フュシスに反するゆえ公衆の面前では親たちに優しくし、一人になれば
一人の快楽に没頭するがよい、虐待の記憶そのものが彼らと彼らのノモス全体を
腐らせるまできみはぼくと遊ぶのだ」

深く退行して純白の仮面をつける
　「私はかもめ」

ニーナ
きみとともに在った日々をわたしは忘れない
　　鵞鳥も雲も、水に棲む無言の魚も人生のめぐりを終えた
　　　空に浮かぶ鯨も

喝采のなか、わたしたちは「存在」することから退場する
　百年前もそうしたように
　　雲にまぎれて鷗が飛ぶ

（註）チェーホフ『かもめ』からの引用がある。

博物館へ行く道

博物館へ行く道で
京都からずっと一緒の車両に乗っていた
外国人夫婦に話しかけられた
「ええ、まっすぐです」
「どこから来ました？」
「フィンランドです、小さな国です」
「東大寺で大仏を見てから、この展覧会には行きます」
「また会えるかもしれませんね」
人の波にもまれ、強くてしなやかで華麗な工芸品に見とれる

「緑瑠璃十二曲長坏」
ミドリルリノジュウニキョクチョウハイと口にすると
音楽が生まれる
サイカクノツカシロガネカズラガタノサヤシュギョクカザリノトウスと口にすると
天平の幻影が私の耳と眼を覆いつくし、あとかたなく
えぐる
フィンランドの夫婦との
再会はなかったが
果てのないユーラシアの森の中で
私たちは同じ樹木　たとえば
梓の木で作られた弓から
ここに　こうして射られた夢の名残として
今を飛びつつあるのかもしれない　夢見ることは
正倉を持つほどの資力や権力とは関係ないことである
この緑瑠璃のさかずきに満たされたものは何か

十月の終わりの空の遠い青をつらぬく五重塔
ミトラシノ　梓弓ノ　ナカハズノ音スナリ
アサカリニ　ユウカリニ　今タタスラシ
「夢の始まり」が茶褐色の七尺余りの弓の形をしている
弓の形をして、目の前に立っている
ハズノオトガ聞こえる、ハズガナッテイルヨウダ
ナカハズが鳴っているようだ
千二百年余前の十月の終わりの今日
私は「最後の狩り」に出発した「最後のディアハンター」の一人だった
タマキワル――霊魂のきわまる私の命の内、その内のつく
大きな野原、内の原に
私は馬を連ねて、立っている、出発を待っている
タマキワル――霊魂のきわまる私の命の内、その野原の深い草の感触
私の言葉はカルパチアルテニア語のようにも響く、あるいはフィン語のようにも
千二百年余り後の十月の終わりの今日

博物館への白く塗り込められた滑らかな道を
多くの現代人とともに私はたどっている
「最後の古代人」のようにも感じる
ここにこうして
ここにこうして
射られた弓、射られた夢の名残として
弓の夢、夢の弓
もう一回
私は私を射ることが可能だろうか？
遠くへ
さらに千二百年あまり経過した十月の終わりの今日
正倉院古文書正集か別集の第x巻に
「私は私を射ることが可能だろうか」という私の文字を私は読むことが可能だろうか？
築地のくずれた葎の邸の西の対で
まだ私を待っている女がいる

千二百年余も私を待っている
ハズ
ハズノオトが聞こえる
ナカハズが鳴っているようだ
私は博物館へ入った
人の波にもまれ、強くてしなやかで華麗な工芸品に見とれる
「緑瑠璃十二曲長坏」
ミドリルリノジュウニキョクチョウハイと口にすると
音楽が生まれる
サイカクノツカシロガネカズラガタノサヤシュギョクカザリノトウスと口にすると
天平の幻影が私の耳と眼を覆いつくし、あとかたなく
えぐる
私は出口へ向う　放たれる矢

「出口がよろこびに満ちるとよい、私は戻りたくない」

"I hope the exit is joyful, I hope never to return."

(註) 河津聖恵の詩「暮狩地—the last deer hunter」から示唆を受けたところがある。

最後の英語はメキシコの画家フリーダ・カーロの言葉。

C

全校集会

白い色がかすかに見えた
秋の色
さっと血がのぼったが
そこで終わった
蟹のように歩いて、やっと後ろに回って全体を眺める

殺した子の友人と殺された子の友人たちもいる全校集会
「命の大切さ」が道徳とマナーのことばで語られている秋の午後
体育館の寒々とした光景のなかに
「命のない」言葉たちが浮かんでは消えてゆく

この足が冷たいフロアーの上でしびれている
看守がじっとぼくらを見ている
殺された子も殺した子も
きみらももう一度坐らないか
体育館の冷たいこの孤独のフロアーの上に

携帯の電源を切れ！
おしゃべりをやめよ！
木枯らしのような命令の風が吹くが
それでもきみは携帯を手から離さない
殺した子と殺された子がそうであったように

つながることにいったいどんな意味がある？
電源を切ることでつながりが消えるなら

こんな社会なんか消えてしまえばいい
ぼくがバイトしているのはただ携帯の料金を払うためだけだ
掌の小さい窓を訪れる病んだ僚友たち
巧妙な罠を逃げ惑うウサギたちのゲーム

蟹が泡を吹いている
白い秋の色が泣いている

きみらももう一度ここに坐らないか
そして窓の外を走るはるかな白を一緒に見ないか
校長先生、諸先生方

白秋の文庫本を擦り切れた学生服の下に隠して
「どこかで百舌が鳴きしきる」
百舌の速贄《はやにえ》という言葉を見つけた日の寒さ

貧しい寒さ
木の枝に貫かれたぼくはまだ「何ものをか恐れてゐる」?
春の鳥たちの翼の音を、その鋭い嘴に運び去られた青春の日

そしてここに泡を吹きながら、蟹のように歩いて
背後に回る
そっと白い色を盗み見る

黒い鳥たちが幾百となくうずくまっている
匿名の鳥たちが
一様に光る一尺に満たない笏《しゃく》を掲げて
マナーを正して校長先生のもとにつめよる
その小さな窓には雁行するような文字列が映っていた
「たすけてくれ、月明の空を、飛べない、ぼくらを」

そのとき私は

「……その時私はサワンの甲高い鳴き声を聞きました」
そこで、教室右側の女生徒が甲高い悲鳴を発しました
今日の四時限目の現国の授業のときでした
私は彼女を叱りつけました
すると次々と教室のあちこちで女生徒たちだけが悲鳴をあげ
こわい、いやだあ……などと叫び、しまいには泣き出すものもいます
窓の外には澄みわたった秋の空が拡がっている
私は途方にくれました
男子生徒は痴呆のように口を開けています

そのときの私も傍から見れば彼らとかわりはなかったでしょう
「……その時私はサワンの甲高い鳴き声を聞きました」
もう一回今度は声を小さくして私は読みました
静かになったようです
最初に悲鳴を発した明日菜を見ると、目に一杯涙をためています
真ん中のまどかを見ると後ろの席の彩を向いて何か喋っているようです
まどかどうしたのか、先生は怒っているのではない
なぜ明日菜たちは泣いているのか説明しなさい、と
私は怒りを押し殺して妙に陰気な声で訊いたのです
するとまどかが激しく泣き出しました
ついに馬鹿な男子生徒たちも泣き出しました
教室中が動物の鳴き声に満たされているのではないかと錯覚するほどです
犬のように吠えているのは漢字の小テストで満点をとったためしのない省吾です
収拾がつかなくなりそうでした
――私は窓を開いてみました

澄みわたった秋の空が鮮血をめぐらしているのです
窓枠を持った私の手が真っ赤に滲んでいきます
そのうち親指と人差し指の間に鋭い痛覚を感じました
見えないカミソリの刃で切り裂かれたようです
上空にはそこだけ深い青がたまっている小さな点のような場所がありました
毒々しい赤が拡がってゆく
そのとき私は振り向いて生徒たちを見るのが急に怖くなりました
血の滴る手
無意識のうちにテキストの次の行に目を移しました
「サワン！　大きな声で鳴くな」と私は嘆願するように読みました
でも背後の騒ぎは私が鮮血の空を知覚した瞬間から
嘘のように恐ろしい静寂に変わっていたのです
その怖さをまぎらすために、もう一度大声でしかも真剣に私は
「サワン！　大きな声で鳴くな」と叫びました、怒りでも嘆願でもなく
そして凍りついたような時をなんとか動かすべく

重たい体をねじって背後の教室を見たのです
そのとき私の眼はただ私の影を認めただけでした
そこには人っ子一人いず、声は水平線の幻影の船に呼びかけているのでした
教卓のうえに
四十名の名前の載った分厚い出席簿が形見のようにむなしく
置かれていました

そのときから今まで私は逃げているのです
誰も私を捕まえには来ません
秋になるとシベリアから私の僚友たちが空を真っ赤にしながら渡ってきます
しかし
風切羽根のかわりにゆがんだ手足を持った私を決して彼らは僚友とは認めないのです
毒々しい社会という舞台の片隅で、その時
「私はサワンの甲高い鳴き声を聞きました」

カラマーゾフ万歳

黄色いリングをユダヤ人たちはチュニックの上につけさせられた。
これはキリスト教徒と区別するためであり、
互いの性交渉を防止するためでもあった。
その後、フランクフルト市議会の費用負担で
一連の市政改革に伴い、進歩的な命令が出され、とくに衛生状態の改善のために
ユダヤ人たちのためにゲットーがヴォルグラーベン市の近郊に
作られた。
14の家と一つのシナゴーグであった。

われわれはフランクフルト市における
ユダヤ人迫害の長い伝統を知っている、フランクフルト市に限らないが。
1243年の頃の記録では、173人のユダヤ人が殺されるか、自由意志で
自殺したということである。
1349年には鞭身派の迫害によりgreat massacreがその居住区で行われた。
これらのことで、フランクフルト市にはユダヤ人がいなくなったのである。

市議会の決定は進歩的であったといわざるをえない、なぜならユダヤ人の画家たち
芸術家たち、……

上弦の半月である、
ついさっきまで余の書斎から眺めるそれは朧であったが
今見ると鮮やかな光りを放っている、
余は瞬時のうちの変化の巨大なることを思った。
鼻くそを余がほじくっているうちに

練炭で道連れ死を遂げる人たちもいれば
悪戦の果てに、だれを恨むこともなく、次なる悪戦にむかうもののもいる。
ここで一句
　木枯らしや一番のあとは無名なり
11月22日、余は妻に「人間もなんだな、死ぬなんてことは何でもないもんだな」と呟きながら、12月9日までは生きるであろう。昏睡は禁じられていた南京豆を食べ過ぎたからだ。
世俗的な性交渉のうちに人間は生まれ、死ぬのだが、いつから存在の根源などという不毛な観念に憑かれたのか、余は余の主人に訊いてみた。
カラマーゾフ万歳、とコーリャと少年たちが叫んだ日からだ。

（註）W. G. Sebald の "AFTER NATURE" からの引用のコラージュで前半部は作った。

善き隣人

The schools ain't what used to be and they never was.
学校というところはかつてのようでなくなってしまった。しかし、かつてかつてのようであったためしもない。
Will Rogers（1879 - 1985）

その男はよどみなく実践について喋った。
暖房の効いた講堂のなかは午前の陽射しとともに暑さが増してくる。
「教育は教だけではなく育むということを忘れている、
育むとは羽を含む、鳥が雛の羽を含む、羽含むということです」
話の節々に、クニの何とか会議の委員とか、なんとか塾の長をしている、
などとさりげなく付け加えることも忘れなかった。

江戸時代は「子どもの楽園」でした、これは『逝きし世の面影』、この本はぜひ買って読んでください、それにみごとに描かれている。

いつから電車の中で化粧をして、それを恥じなくなったのか？

ルース・ベネディクトは「恥の文化」と言っています、いつから？


どうしようもない学校、眉毛のない連中のいる、人の話なぞまともに聞いたことのない悪ぞろいの学校で講演を頼まれます。

最初の十分を過ぎると、静かになる、次の十分を過ぎるとみんな私を注目する、なぜか？

「彼らは、大人で、私のように心を尽くして彼らに話しかける人間にそう、はじめて出会ったからです」、これを「心施」という。

その男は白板に下手な字で書きなぐる。「無財の七施」の一つと。

その男はよどみなく実践について喋る。

その男は知らないことがないようだ、その男は日本の文化というものの、熱烈な擁護者で、その男は現代の日本人は脳が破壊されているという。

私は脳科学の研究もやっていて、母が子を抱いているときに出る、必ず分泌する何とかというホルモンをつきつめた。

それが根本です！


しかるに、男女参画なんとかやら、ジェンダーフリーなんとかやら、女の人が働くために保育を二十四時間にしろという、まったく狂気です。羽を含むことが大切なのに。


もう二時間も過ぎた。だれもこの男のよどみない喋りに抵抗できない。

「改正」された教育基本法の何条の項目に「親も学ぶべき」だとある、あれは私が……。

親が子どもをしつけなければ一体？

父なる神に祈るしかない。
主よ、この男の舌とこの男の、この心の真っ当さをどうにかしてください!
ねじまがったもの、よどみにみちたもの、くじけるものを
この男のつるりとした鬚面に投げつけてください。
この男の思い上がりが、いかにバランスを破壊したものか、
人は跛行しながらしか
生きてゆけないものだということを知らしめてください。

「そこの人、あなたは次の統計の意味をどう考えますか?」
その男は獲物を見つけた。
一番幸せな国は?
日本、アメリカ、スウェーデン、ドイツ、ナイジェリア、イスラエルなどのうち、
どの国? そのクニの人々の答えの統計がありますよ。
国民はどう答えた?
だれも日本とは言わない、もちろん日本は三十二位です。

さあ、誰か？

「ナイジェリアです」、正解！　でも、どうして？

不幸と貧しさの中でこそ、今を生きる幸せが輝いているからです。

正解！　正解！

その男は獲物に向って微笑んだ。

私はどのような戦争をしているのか

中央にはキリストの無残な磔刑像、左のパネルには聖セバスチャンの苦悶の像、右のパネルには、聖アントニウスの像。中央に戻ると、嘆き苦しむ聖母マリア、彼女を抱き慰める福音作者ヨハネ、キリストの足下に跪くマグダラのマリアと香油壜、crucifixion の右側には、キリストを指差している預言者ヨハネ、その下には優しい犠牲の羊。この時間の不可逆を訂正する大いなる情熱。これらすべてが強烈な印象を与えるリアリズム、ありえないリアリズムで描かれている。一度見たら忘れられない悪夢のようだ。この画家自体が謎に満ちていて、彼の絵と確定されたものはわずかしかない。すっかり疲れて、本屋を後にしたら小雨が降っていた。預言者ヨハネは何か書かれたものを手にしていた、そこには「彼は必ず栄え、わたしは衰える」という福音書の言葉が記されている。これらのすべてが実は壮大な寓喩でもあるが、私には解読できない。しかし、この絵は真に肉体の病者と、魂の病者のために描かれた祭壇画であり、彼らはここ、コルマールまで巡礼の旅をしてきて、この絵の前で癒されるのだ。世界史の中世の闇を抜けると、立川の駅中《えきなか》は異様な明かりと混雑で荘厳されていた。「見よ、あなたがたは散らされていて、それぞれ自分の家に帰り……」。

散歩に行く、西空が黄金色に輝いていて、まぶしかった。
山越の阿弥陀像も、こんな輝きをまとっているのだろう。
当麻の二上山のことが頭をよぎっては消えた。
寒かった、城跡の池は、すっかり落葉で埋まっていて、その下で
鯉が息をひそめていた。
池の周りにそびえている樹木の名は沼杉といって、
本名は落羽松《ラクウショウ》という落葉樹である。
松なのに落ちる。
落ちて、さびしい鯉たちのための羽毛になりなさい。

眼を閉じる
背後から左に流れていく風景は
余りにも深いので、その限界を見ることはできない。
水平線の彼方が次第に暗くなり

小さな丘が見える。
そこから、わたしの前歴史時代の情熱が
湧き起こる。

ページをめくれ
さもなければ、だれの生であるかわからない、
そこに存在することがわからない。
〈棄教した修道僧〉を〈キューバの歌い手〉と訂正する
〈われわれにあったもの〉を〈われわれにあるもの〉と。

十の一兆倍の時間の音がカワセミの青暗い
刹那の羽ばたきのように耳朶を打つと
落羽松もメタセコイアの巨木も
落日を背負った孤独なマンモスになる

眼を閉じ、ページをめくり、訂正を繰り返す。
修練の手わざは必要ない。
どんなコンテクストも。

罪深い巡礼たちは
寓喩のなかで深く癒され
あなたがたは散らされていて、
それぞれ自分の家に帰り……

ヘルプ

When I was younger, so much younger than today,
Beatles

卒業生が残していった大量の教科書や靴などを整理していると
手伝います、と言って一年の女の子が寄ってきた。
教室のものをすべて片付けても、まだロッカーがある、大変だと思っていたので
その言葉はうれしかった。
ぼくは、そのとき高校の先生をやっていて、あれこれあったけど
最後の日には、天使のような女の子がやってきて、
手伝います、とぼくに告げた、と十年後に思い出したい気分になった。
鍵を壊して、ロッカーを開けると
「心には制服を着るな」という言葉が扉の裏に書かれていた。

その隣のロッカーはヌード写真で埋め尽くされている。
たえていたものは青春で、それが奪われてゆくさまも
昔と同じだ。

残されたものを鈴蘭テープでくくる。
一年の女の子の名前はカラシマさんといった。資源ごみでいいですよね、
ありがとう、辞書類は持って帰っていいよ。あっ、ジーニアスまである。
三十八名が残したものは重かった。

終わらないことがあると思っている、思っていても
突然それは終わっている。
終わらないことのなかには終わりにさせたくないことがある、それは
きみがひきずっている物語だが、
ずっと昔の、その日に
それは終わっていた。

カラシマさんのテープの結びがゆるくて、生物や現代文がすべりおちた、
ぼくのテープの結びもだらしなかった、
ゴミ置き場まで何回往復しただろうか？
落ちるものを拾い上げて歩くのは辛い、
そこまではカラシマさんは手伝わなかったし、
頼みもしなかった。

若いころ、今よりも、もっとずっと若いころ、……

本当に終わったのだろうか？
残したものをひきずりながら、
きつく結んだと思っても、すべり落ちてゆく何かに向って
むしろ、呼びかけているのではないだろうか。

Won’t you please, please help me?

擬宝珠

擬宝珠の花が咲いている。
ぎぼうしとかくとなんのことかわからない
漢字で書いてもなんのことかよくわからない
「夏・秋、長い花茎に漏斗状の花を総状につける。
花冠は六裂し、色は」
白、紫、淡い紫などと身の上が語られる。
でも、宝珠に、宝物とすべきたまに似ているから擬、
擬人法の擬、模擬テストの擬
ほんものの宝の珠じゃない。

歳時記を見ると
虚子の「這入りたる虻にふくるる花擬宝珠」
「虻入ってかくれおほせぬ花擬宝珠」
など虻と取り合わせている。
宝石のなかの虻の
朝
庭の、草のような人が
擬宝珠の花が咲いているのを見る。
蜜にひかれる虻のように、その淡い紫の色にひかれる
紫のなかに
人に似た草たち、草に似た人たちが隠れているようで、
隠れきれない
暑い夏。

たえかねて
ホースで勢いよく水をかけてやる。
身の上を
固く冷たい宝珠が走りぬける。

あとがき

中唐の詩人、白居易はいわゆる「諷喩詩」と呼ばれる詩群で、当時の政治や社会の現実を痛烈に批判・批評した。現在でも読むに耐える迫力をそれらの詩篇は持っている。そのなかの五十首をまとめたのが『新楽府』である。（「楽府」は漢の時代の役所の名であり、そこで採集した歌謡と、その歌謡のスタイルをも含めて「楽府《がふ》」と呼ぶようになった。由緒正しい歌謡が、歌の蔵に収めてあり、それに依拠することで社会の不正を糾弾する、という『詩経』以来の中国詩の理念的なイメージが浮かぶ。そこから白居易の『新楽府』の「新」という意識も生まれえたのだろう）。

白居易の顰に倣うなどという思いは全くなかった。ここ五年間の政治・社会の現実の変動を、その現実にかかわる詩で私なりに「諷喩」したいと考えた。単に「怒り」があっただけなのだが、それを『楽府』というタイトルで、現実にかかわる詩というものの歴史と拡がりの末端に置いてみたかったのだ。

「怒り」を分有している人たち、またそこの現実にかかわって闘っている人たちに深い共感を覚えることを記しておきたい。出版にあたっては、思潮社の髙木さんにお世話になった。

二〇〇八年九月一日　水島英己

初出一覧

院	すてむ 26 号　03 年 7 月
闘牛病	現代詩手帖 04 年 6 月号
ホームカミング	すてむ 29 号　04 年 7 月
二〇〇四・夏・東京	琉球新報　04 年 9 月 11 日
辺野古野辺	うろこアンソロジー（web）　04 年 12 月
Monster Waves	未発表
雑技	すてむ 37 号　07 年 3 月
山帽子	すてむ 32 号　05 年 7 月
The Summer Trail	すてむ 33 号　05 年 11 月
fall in love too easily	DOG MAN SOUP 3 号　06 年 9 月
きみはどこにいるのだろう	なにぬねの？（web）　08 年 7 月
秋のために	GIP 17 号　03 年 9 月
四月の雨	未発表
かもめ	GIP 15 号　03 年 5 月
博物館へ行く道	アンソロジー 2007（福間塾）　07 年 1 月
全校集会	すてむ 36 号　06 年 11 月
そのとき私は	すてむ 34 号　06 年 3 月
カラマーゾフ万歳	長い火曜日（首都大現代詩センター）　08 年 5 月
善き隣人	未発表
私はどのような戦争をしているのか	すてむ 40 号　08 年 3 月
ヘルプ	すてむ 41 号　08 年 7 月
擬宝珠	なにぬねの？（web）　08 年 7 月

楽府《がふ》

著者
水島英己《みずしまひでみ》
発行者
小田久郎
発行所
株式会社 思潮社
〒一六二—〇八四二 東京都新宿区市谷砂土原町三—十五
電話〇三（三二六七）八一五三（営業）・八一四一（編集）
FAX〇三（三二六七）八一四二
印刷所
創栄図書印刷
製本所
川島製本所
用紙
王子製紙、特種製紙
発行日
二〇〇八年十月三十一日